TIRAR DE LETRA

Ana Beatriz Neves Almeida

Gerência editorial Adilson Miguel

Coordenação editorial Graziela R. S. Costa Pinto
Edição Malu Rangel
Revisão Marcia Menin

Edição de arte Natalia Zapella
Produção industrial Alexander Maeda
Impressão EGB Editora Gráfica Bernardi Ltda.

Dados Internacionais de Catalogação na Publicação (CIP)
(Câmara Brasileira do Livro, SP, Brasil)

Santiago, Weberson
Tirar de letra / Weberson Santiago ; ilustrações do autor.
-- São Paulo : Edições SM, 2014.

ISBN 978-85-418-0082-2

1. Literatura infantojuvenil I. Título.

14-07051 CDD-028.5

Índices para catálogo sistemático:
1. Literatura infantil 028.5
2. Literatura infantojuvenil 028.5

Grafia conforme o novo Acordo Ortográfico da Língua Portuguesa

1ª edição agosto de 2014
2ª impressão 2016

Edições SM
Rua Tenente Lycurgo Lopes da Cruz 55
Água Branca 05036-120 São Paulo SP Brasil
Tel.: (11) 2111 7400
www.edicoessm.com.br

Tirar de Letra

Weberson Santiago

sm

cAsA

bota

b

Comer

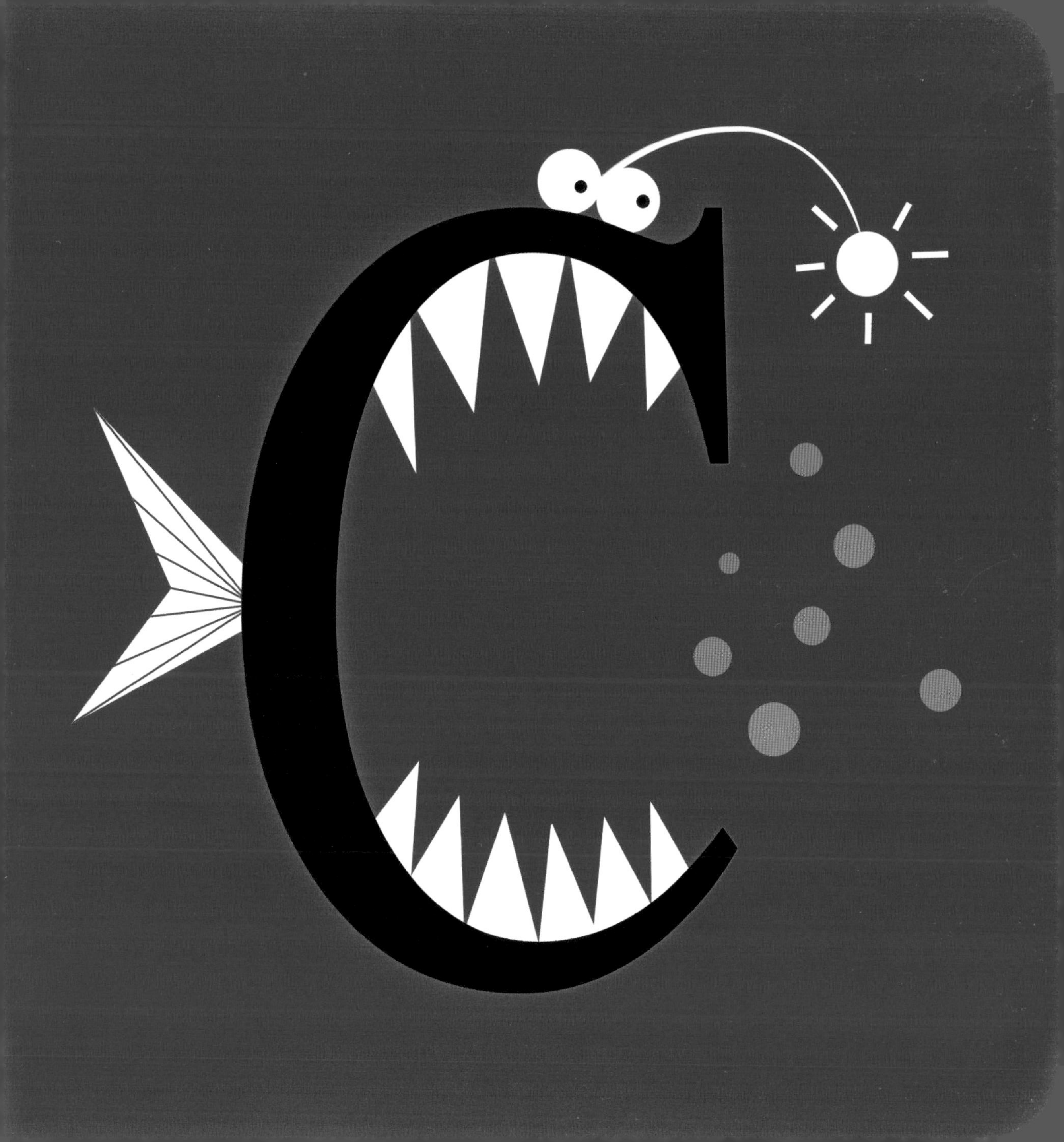
C

corDas

D

elefante

e

teleFone

F

aconcheGo

G

Hotel

vôlei de praia

Jazz

karaokê

k

saLtar

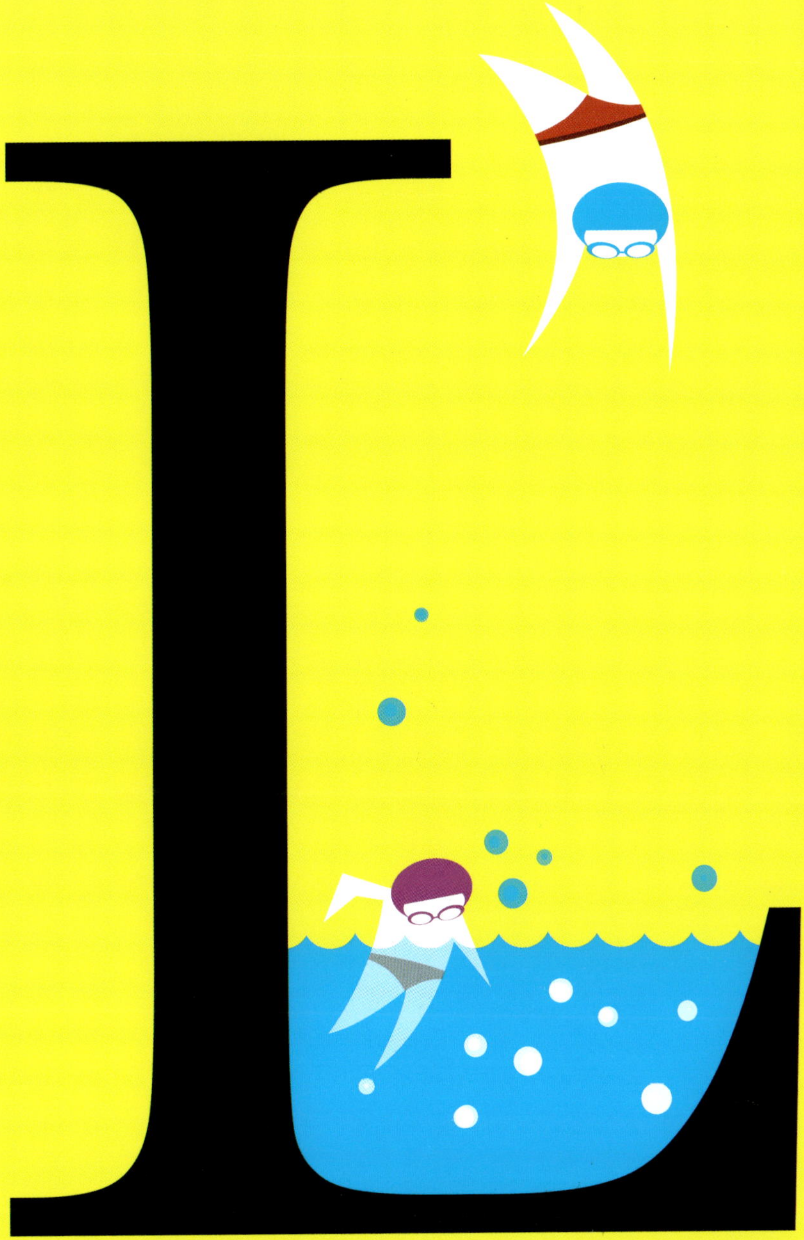
L

comida

m

Nadar

N

leão

O

Piano

P

eQuilíbrio

escoRRegadoR

R

Suco

S

consTrução

T

tUbarão

Vaca

V

poW!

W

apaiXonados

X

Yanomami

Y

deslizar

Z

A
b
C
H
i
N
O
P
Q
T
U
V
W

D
e
F
G
J
k
L
m
R
S
Z
X
Y

WEBERSON SANTIAGO nasceu em São Bernardo do Campo, em 1983. Ilustrador, colabora com editoras de livros, revistas e jornais. É professor na Quanta Academia de Artes e na Universidade de Mogi das Cruzes. Em 2008, ganhou o prêmio HQ MIX de Melhor Ilustrador e, em 2011, integrou o Segundo Catálogo Ibero-americano de Ilustração da Fundação SM, tendo sido o único brasileiro representado nessa publicação. O formato das letras sempre o intrigou, e daí surgiram as ideias que inspiraram este livro: um aro formando o "O", a boca do peixe na curvatura do "C" e tantas outras imagens que ele espera que estimulem no leitor a criação de infinitos desenhos e histórias. Pela SM, publicou também *O invasor* (2016).

FONTE MetaPro PAPEL Couché 150 g/m²